# 장(張) 진이 JINY JANG

서울 성바오로병원에서 출생했고, 1983년 받은 세례명은 Lucy다. 이화여대 자연과학대학을 이학사로 졸업 후 다음 해에 현재의 Paris Cite 대학원 생물학전공 1년 석사과정에 불어 어학연수 조건부로 합격했으나 가지 않았고, 2012년 이화여대 정책과학대학원을 정책학 석사로 졸업했다.

1995년엔 미국에서 영어 어학연수로 UC Berkeley Extension ELP과정을 수료했고, 그 후 연세대 언론홍보대학원에서 1년간 방송 연구과정 수료 그리고 미국 UCLA, Harvard와 FIT Extension에서 마케팅과 홍보, 방송, 국제관계, 도덕적 의사결정과 패션쇼에 대한 과목을 수강했다. 한국 이화여대와 연세대 대학원에서, 국문학(시), 언론윤리사례분석, 의료법, 민사소송법, 의료경영, 인사관리, 생산관리, 리더십 등을 청강했고 두 대학 어학원에서 영어와 불어를 배웠다.

미국에서 총 6년간 거주했으며, 미국 무역회사 대표와 뉴욕 대표 기자직을 수행했고, 한국에서 공익적인 인터넷신문사를 전액 자비로 운영했으며, 현재 필리핀 NwSSU 상담과 명예학장, 순수예술학과 명예교수며, 2016년부터 인재양성, 순수예술과 출판업체인 수호패밀리 대표로 있다.

어린시절부터 동물, 여행, 별, 시창작을 좋아했고, 시창작으로 중학교 백일장 우수상, 아시아문예 신인상 수상, 전국과학전 중학교 생물반 단체 대통령상 수상, 동물사진을 위주로 여러 차례의 국내외 단체 초대전 사진출품으로 독일, 동경, 뉴욕 전시에서 우수상, 특별상 등을 수상했다. 2024년 9월엔 대전 테미갤러리에서 <동물보호, 힐링, 세계평화를 위한 청담휴먼토끼 수호패밀리>란 주제로 장진이 개인 사진전을 갖는다.

2006년 초 뉴욕에서 자연스럽게 페스코 베지테리언이 됐고, 하느님, 동물보호, 법조개선에 관심이 많다.

뒤늦게 우연히 자료를 통해 진정한 사랑에 대해 깨달아가며, 많은 사람들이 정화된 삶으로 진정한 사랑과 행복을 찾을 수 있도록 SF 소설 "빠져들다 SMITTEN" 시리즈를 창작하게 됐다.

2024. 8.

# 빠져들다 SMITTEN

발행일 2024년 08월 25일
지은이·디자인 편집 장진이 Jiny Jang
발행처 수호패밀리 Suho Family since 2016

출판등록 제2017-000016호(2017년 이월 10일)
주　　소 (06069) 서울시 강남구 선릉로 704,
　　　　　10층 624호(청담동)
대표전화 010-5254-2969
홈페이지 suhofamily.com
　　　　　youtube.com/@jinysark
I S B N 979-11-962685-0-3
값 15,000원

ⓒ 장진이 2024
 본 책 글 내용의 전부 또는 일부를 재사용하려면
반드시 저작권자의 동의를 받으셔야 합니다.

# 빠져들다
# SMITTEN

SF 소설
장진이 Jiny Jang

# 목차

수호패밀리: 우주소년밴드 진기한 모험 5
Space Episode 1.
Sarang 1. 공주와 하인                     11
Sarang 2. Hippie의 사랑                  46
AI(인공지능)의 추천서                   57.

형체 없이 Cyber 생활을 하던 J는 2016년 12월 23일 'Suho Family'라는 기획사를 오픈한다.

Suho. Family는 프랑스의 Amour, 일본의 I, 한국의 Sarang, 스웨덴의 Karlek, 그리스의 Eros, 미국의 Love, 러시아의 Ryubobee 이렇게 각 1인씩으로 구성된, 기획사와 같은 이름의 Boy Group으로 시작한다.

이들의 나이는 10~20대로 모두 International Space University를 졸업했다. 공용어는 영어.

히들의 임무는 앞으로 1년 후인 2017년 12월 23일 지구에서 만나게 되는 Shy 혜성을 타고 우주의 블랙홀을 통해 개개인이 멈춰져 빠지게 되는 블랙홀 외부 각 공간에서의 경험이다.

 블랙홀에서 빠지는 순간부터 기억되는 특수한 시간 메모리를 오른손 새끼손가락에 입력하고 떠난 히들은 50년 후 다시 지구로 돌아오는 Shy 혜성을 타고 돌아온다.

 그리고 그동안 그들이 우주에서의 정해진 시간마다 따로 경험한 것들을 자신들을 떠나보낸 팬들에게 들려주게 되는데...

총 30일간 Suho Family와 숙박하며 Luminara Isle에서 벌어지는 공연을 볼 수 있는 팬들은 총 3,500명으로 50년 전 모두 10대 이하였으며, Suho Family가 지구를 떠날 때와 같은 소년과 청년들의 모습으로 지구로 돌아왔을 때인 2009년 이들은 이미 50~60대가 된 상태다.

이들은 50년 전에 공연 티켓비로 각각 $100,000씩을 지불한 상태이고 추첨으로 공정하게 선택되었다. 이 공연은 영상물의 개로 공연 10년 후에야 녹음 매체로 제생돼 공개될 예정이다.

　티켓은 팬들의 가족이나 이들이 지명하는 사람에게 매매, 양도될 수 있어서 Suho Family가 우주에 있는 동안 지구에서는 공연 티켓을 갖기 위한 여러 가지 암투가 벌어지기도 한다.

　또한 50년간 Suho Family의 우주 행적을 쫓고자 천재 기자 F와 그 팀은 국제적인 천재 과학도들과 비밀리에 접촉하여 수차례의 특종을 낸다.

블랙홀에서 빠져나온 Sarang은 허름한 마구간에 누워있는 자신의 모습을 발견한다.

네 다리에 하얀 털이 복스럽게 나있고 백색, 흑색, 밤색, 얼룩 털을 가진 네 마리의 말을 뒤로 하고 마구간을 빠져나온 Sarang은 지나가는 사람들의 옷차림으로 자신이 어린 시절부터 무척이나 가보고 싶었던 고구려에 와 있다는 것을 깨닫는다.

Sarang은 지나가는 무리를 불러서 연기를 위해 배운 북한 사투리를 흉내 내며 대화를 요청한다.

그들은 짧은 머리에 찢어진 청바지를 입고 금속성 목걸이와 팔찌를 하고 백팩을 메고 있는 Sarang을 보고 신기해하며 중국인 또는 일본인이냐고 묻는다.

Sarang이 자신은 노래를 부르는 가수라고 말하자 그들은 바로 이해하며 Sarang을 위해 적절한 거처로 안내를 한다.

Sarang의 거처는 궁궐에 속한 연예인 숙소다.

항상 오픈마인드로 국제적이고 특이한 것만 좋아하는 Narsa 공주를 위해서다.

공주는 1년 전 서양을 여행 중 역시
을 숨기고 여행 중인 일본 국왕의 장남
만난다.

진지한 면이 재미있게 느껴지는 4살 연하
의 Ritsuno 왕자다. 왕자와 장시간 친구
로서 국제서신을 통해 서로를 알아가던 중
공주는 왕자의 프로포즈를 받는다.

자신과 비슷한 오픈마인드와 국제적 성향
으로 서양인들과 쉽게 친하게 지내는 왕자
가 특이하고 좋게 느껴진 공주는 생전 처음
자연스레 결혼을 허락한다.

하지만 그 후 공주에겐 고구려의 정세가 복잡해져 고민이 생기고 그 와중에도 공주가 말하지 않는 고민을 함께 걱정하는 왕자의 열렬한 사랑을 받는다.

이미 어린시절부터 서구화된 일본 왕자는 공주를 baby라고 부른다. 그리고 매일 만나고 싶으니 결혼해서 제3국에서 살다가 노후엔 일본으로 돌아오자고 제안한다. 그런 왕자에게 공주의 호감은 깊어져간다.

하지만 공주는 미처 예상치 못한
또 다른 상황에 직면하는데, 왕자의
강하고 아름다운 점과 일본의 이질적인
풍습에 대해서 때로 극도의 피곤함을
느끼게 된 것이다.

게다가 왕자의 부모님과 가족들의 잦은
만남과 인사 요구로 인해 그들의 친절함조
차 부담이 되고 있다.

고구려의 국제정세와 왕자의
가족 등 여러 가지 상황으로 스트레스가
심해지는 공주의 몸은 결혼준비를
진행할수록 점점 더 허약해진다.

항상 늦어져서 공주가 지치곤 했을 때 언제
나 공주의 의견에 100% 맞춰주던 왕자,
결혼을 하기로 한 공주가 자신의 가족들을
피하고 맞닿은 상황에 대해 솔직하지 않은
태도에 화를 내고, 공주는 언제나 친절했
던 왕자의 모습이 결혼 재촉과 화로 나타나
는 첫 순간 더 이상 함께하는 행복을 느낄
수 없어지고 이별을 결심한다.

하지만 왕자는 화를 내면서도 결혼 계획을 고수한다.

공주는 이제까지 왕자를 만났을 때 중에서 왕자가 가장 좋하진 날이었지만, 왕자의 뜻대로 급하게 결혼계획을 실행하고 자녀까지 낳다가는 공주 자신의 건강도 잃고, 스트레스로 생명까지 지장을 받을 것이 확실한 상태라 그런 왕자를 억지로 떼어내고 왕자가 모르는 곳을 찾아 휴식을 취한다.

왕자는 아직 공주의 신분도 자세히 모르는 터라 공주를 다시 찾을 수 있는 방법이 없다.

어느 날 공주를 태우고 산을 오르던 가마가 크게 흔들리는 사고가 생기고 공주의 왕자에 대한 기억은 사라진다.

왕자를 잊고 무료한 생활을 보내던 중 공주는 Sarang의 소식을 듣게 되고 호기심에 눈이 반짝인다.

Sarang은 이미 궁궐 내 연예인들 사이의 리더가 돼 신기한 공연들을 기획한다.

현대 지구에서 사용했던 액세서리, 의상을 디자인하고 연예인들의 위상을 높이기 위해 팬클럽 Sarang AE도 만든다.

Sarang AE

공주는 평민으로 변장 후 Sarang의 궁궐 내 공연을 기다린다.

드디어 Sarang의 공연.

공연 후 공주는 싸인을 받기 위해 줄을 서고 Sarang은 공주에게 예쁜 싸인을 선물한다. Sarang을 본 후 공주는 기분이 상쾌함을 느끼고 Sarang과 친구가 된다.

To Narsa
Be Happy!
Thanks!
Sarang

하지만 Sarang은 공주와 연인이 되길 원하고 공주는 Sarang에게 자신의 신분을 밝히며 학업을 지속할 것을 요청한다.

Sarang의 개인교습 선생님이 된 공주는 점점 늘어가는 Sarang의 학식과 미래에 대한 식견에 감탄한다. 그리고 가끔 Sarang으로부터 미래 역사를 배운다.

Sarang은 자신은 지구 나이로 2017년 한국이라는 나라의 서울에서 왔다며 다시 서울로 돌아갈 때가 되면 지구는 2067년이 될 거라고 한다.

그리고 공주에게 단 1회 사용가능한 미래로의 왕복 승차권을 선물하는데 선물은 공주의 오른손 새끼손가락에 지워지지 않는 T다.

승차방법은 아무 날이나 하루 꼴라 말 4마리가 사는 궁궐의 마구간에서 원하는 시간, 지역을 생각하여 잠이 들면 되는 것이다.

그리고 다시 자신이 살았던 때의 한 시점으로 돌아오기 위해서는 단 하루만 미래의 시간에 머물 수 있다.

하루가 넘어가면 공주는 영영 자신이 떠나온 시대 한 시점으로 다시 돌아갈 수 없다.

Sarang과 공주는 점점 친해졌고 자신감이 넘치는 Sarang은 공주에게 청혼하지만 공주는 고구려의 신분격차에 대한 현실을 알리며 거절한다.

Sarang은 자신도 서울에서는 아이돌 가수로서 왕자나 마찬가지라며 신분의 격차는 없다고 설득한다.

하지만 공주는 고구려는 서울과 다르고 트러블 없이 평화롭게 살기를 바라기 때문에 평생 비혼으로 Sarang과만 비밀 연인으로 지낼 수는 있다고 말한다.

Sarang은 할 수 없이 결혼을 포기하고 공주와 궁궐 내 독립된 공간에서 남들 몰래 사귀게 된다..

Sarang은 순간순간 자신의 오른손 새끼 손가락에 입력된 메모리가 해킹되는 느낌을 받는다.

지고에서는 특종 메이커인 기자 F가 Suho Family의 일거수 일투족을 쫓고 Sarang은 자신에 대한 기사를 좋게 써주곤 하는 절친 F에게 공주의 모습을 들킬까봐 노심초사다.

비혼주의자인 F가 공주를 좋아하게 되면 안 되기 때문이다.

29

Sarang은 F가 자신들을 발견하게 되면 공주의 모습이 아닌 자신들의 딸을 보이고 재 공주에게 자녀를 낳자고 하고 둘은 1년 후 딸을 낳는다. 그 이름은 Narsa Jr.

하지만 Jr.는 공식적으로 왕족이 될 수 없고 공개된 자리에서는 엄마를 엄마라고 부르지 못하며 아버지 Sarang 손에서 자란다.

공주는 비밀리에 딸에게 학문을 가르치고 Sarang은 둘을 닮아 너무나 예쁘고 아름다운 Narsa Jr.에게 발레와 Kpop을 가르치며 행복해한다.

그러나 Narsa Jr.가 7살이 됐을 때, Sarang이 무의식적으로 서울에서 연예인 시절처럼 검은 마스크를 쓰고 궁궐을 나다니다 강도로 오인돼 잡히면서 Sarang과 공주의 비밀은 드러나게 된다.

고구려는 공주 몰래 Sarang과 Narsa Jr.에게 사약을 내린다.

 사약을 받기 전날 엄마처럼 아버지로부터 미래로의 왕복 승차권 T를 선물 받은 Narsa Jr.는 Sarang과 마구간으로 피하게 되고, 그 품에 떨며 나누리 말 틈새에서 잠이 든 사이 둘은 블랙홀을 지나 Shy혜성을 타고 지구로 돌아온다.

공주는 Sarang과의 정신적으로 안정되고 행복한 생활이 담긴 꿈에서 깨어나지만 오른손 새끼손가락의 T를 보고 의아해한다.

그리고 그동안 서양과 일본으로 유학을 떠났던 많은 선비들이 대거 고구려에 입국했다는 소식을 듣는다.

공주는 서양과 일본의 새로운 학문과 문물을 더 알고자 궁궐 내에 선비들을 초대해 국제정세에 대한 토론과 문물교환의 장을 마련한다.

토론과 문물교환의 장에서는 몇몇 눈에 띄는 선비들이 있었는데, 그 중 선비 하나가 시간이 여유롭고 국제정세와 무역에 밝아 공주는 10살 어린 선비 Si를 스승으로 모신다.

Si의 학식과 매너가 맘에 든 공주의 가족들은 Si와 공주가 결혼하기를 바라지만 공주는 Si보다는 꿈인 듯 현실인 듯 분간할 수 없는 꿈에서 만난 Sarang에게 마음이 가 있다.

하지만 현실에서 공주에게 가족 스트레스 없이 언제나 함께 있을 수 있는 Si도 공주에게 청혼을 하고, 공주는 이제 현실에서 불가능한 어렴풋한 기억의 Sarang과의 만남을 포기한다.

둘은 역시 서양의 제3국을 선택해 살기로 하고 결혼해 1년 후 제3국에서 아들 Bi를 낳는다. Bi는 둘의 손에서 무럭무럭 자라고 예술과 학문에 능통한 국제적인 신사가 된다.

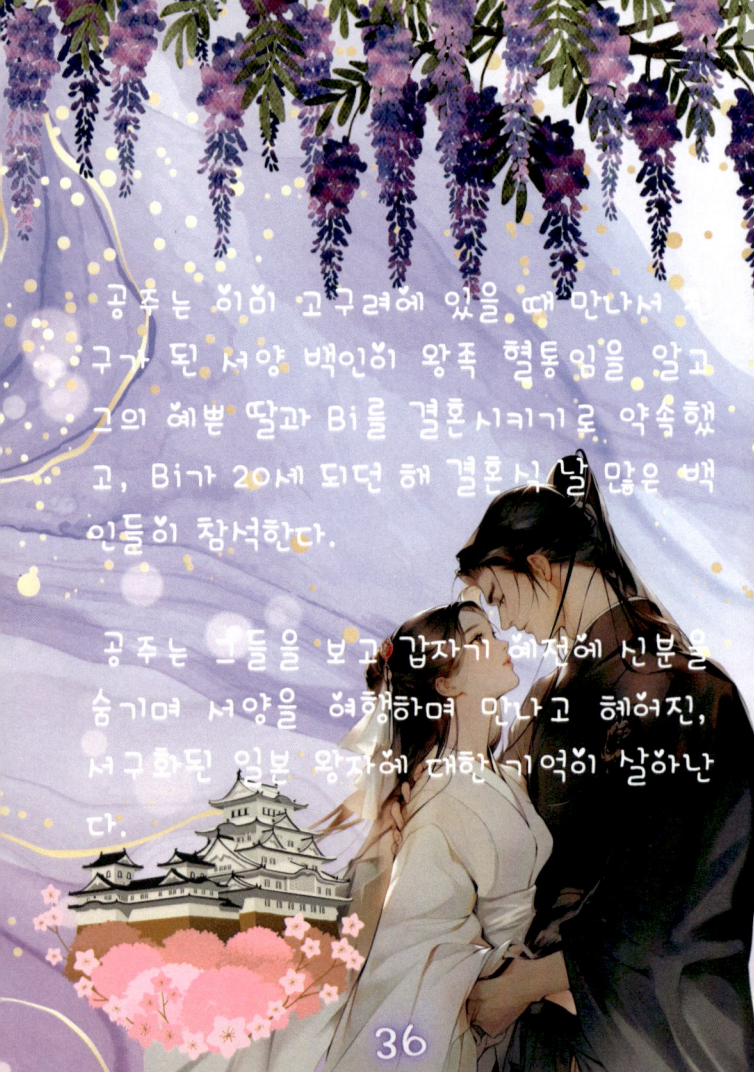

공주는 이미 고구려에 있을 때 만나서 재구가 된 서양 백인이 왕족 혈통임을 알고 그의 예쁜 딸과 Bi를 결혼시키기로 약속했고, Bi가 20세 되던 해 결혼식 날 많은 백인들이 참석한다.

공주는 그들을 보고 갑자기 예전에 신분을 숨기며 서양을 여행하며 만나고 헤어진, 서구화된 일본 왕자에 대한 기억이 살아난다.

공주는 몸과 생각이 굳어 더 이상 일상을 지속하기 힘든 상태다. 일본 왕자에 대한 걱정과 죄책감이 심해지기 때문이다.

공주는 아들 내외의 결혼식이 끝나던 때 Si를 잘 모시라고 부탁 후 찾지 말라며 홀연히 사라진다.

공주는 왕자가 결혼 신청을 하며 했던 말을 떠올린다. 공주가 나이가 많이 들거나 못 생겨져도 언제나 공주만을 사랑할 것이며 공주가 사망하면 하루 뒤 따라죽는다는 맹세다.

공주는 왕자를 수소문한다. 왕자는 공주와 헤어진 후로 집안의 강한 반대에 부딪혀 공주를 더 이상 찾지 못하고 정략결혼을 해야 할 입장이라 일본을 떠나 제3국에 자리를 잡고 있다고 한다.

그리고 왕자가 제3국에서 스님이 돼서 하가고 있다는 것을 알게 된다.

왕자는 공주의 신분을 계속 모르는 채로 찾지 못할 공주를 그리며 평생을 그렇게 비슷으로 살아가고 있었다.

## Soul

 공주가 왕자를 찾아 여행을 준비하는 사이 Si는 Bi의 말을 듣고 놀란다. Si는 Bi내외를 두고 정신없이 공주를 찾아 길을 나서며 세계 방방곡곡이라도 찾아다닐 결심을 한다.

 하지만 Si는 공주를 평생 찾지 못하고 세계의 외진 어느 한적한 나라에서 조용히 숨을 거둔다.

공주는 제3국을 찾아
왕자와 상봉한다.

 항상 스포츠를 즐기던 왕자는 서양에
처음 만난 날처럼 공주를 반기며 아무 말
하지 않고 묻지도 않으며 공주에게 보여줄
것이 있다고만 한다.

 둘은 무술 공연을 함께 보게 되는데 무술
공연이 시작되기 직전 둘만의 외진 관중석
에서 왕자는 입에 피를 토하고 쓰러진다
공주 역시 마찬가지로 쓰러진다

공연을 보기 전, 공주가 다시 말도 없이 떠날까봐 화를 못 견딘 왕자가 공주와 마신 음료에는 독약이 들었던 것이다.

건강했던 왕자는 공주가 사망한 다음 날 숨을 거둔다.

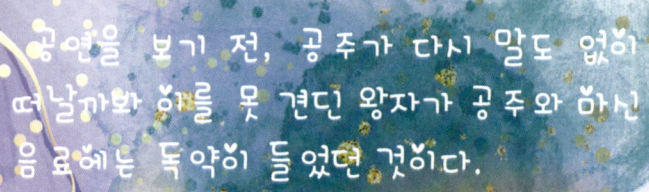

 둘의 사망 후 공주는 살거나 죽거나 영원히 유효한 미래로의 왕복 승차권 T를 사용한다. 공주의 계획은 2016년 12월의 서울로 향하는 것이다.

2016 DECEMBER

Since 2016

공주의 영혼은 서울에 도착한 하루 동안 모습을 드러내지 않은 채 J라는 가명으로 Suho Family라는 기획사를 설립한다.

그리고 Suho Family라는 보이그룹의 형성과 2017년 우주로의 운명적인 사랑 파견 미션 등을 계획하고 바로 고구려로 되돌아 간다.

J는 Sarang의 잠재의식이 고구려로 향하기를 고대하지만 이는 Sarang이 Narsa를 진정으로 사랑할 운명인 경우에만 가능할 것이다.

J는 천재 Sarang이 공주에게 미래로의 왕복 승차권 T를 선물한 이유를 아직도 깨닫지 못하고 있다.

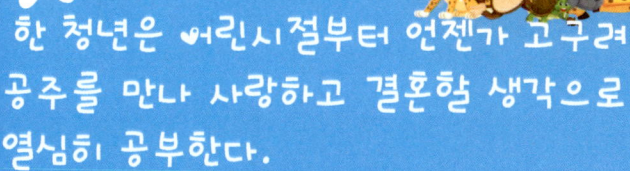

한 청년은 어린시절부터 언젠가 고구려 공주를 만나 사랑하고 결혼할 생각으로 열심히 공부한다.

International Space University를 수석으로 졸업한 청년은 한국인 Sarang을 모집하지 않는 이해할 수 없는 수호패밀리의 모집요강을 보고 비참함과 좌절감을 느낀다.

청년보다 못한 세계 각국의 외국인 동문들은 너도나도 수호패밀리 보이그룹에 지원하고 있다.

 청년이 (어린시절부터 꿈에 그리던 고 구려 공주를 만나) 사랑할 수 있는 시험의 기회조차 박탈된 것에 대해 친구들과 가족들의 비웃음과 냉대도 지속된다.

 수호패밀리에서 떠돌던 공주의 영혼은 때로 초췌한 모습으로 기타를 들고 수호패밀리 주변을 서성이는 청년의 모습을 발견한다.

공주의 영혼은 이미 Sarang의 안전을 위해 Sarang을 모집하지 않았고 그래서 고구려로 돌아간들 더 이상 Sarang을 볼 수 없는 무의미한 인생이기에 이미 티켓 T를 버린 상태다.

그래도 영혼이라도 지구에 있으면 어디엔가 있을 Sarang을 느낄 수 있다는 생각에 후회는 없다.

단지 청년이 Sarang이 된들 이젠 운명적으로 예정된 사랑인 공주의 실물을 만날 수 없기에 안타까울 뿐이다. 49

# Happy hippie

모범생이던 청년은 주어진 운명에 대한 회의를 느끼며 그때까지 꿈꿔온 사랑을 포기한다.

그리고 평생 독신으로 살 생각으로 키우던 강아지와 기타를 들고 미국의 버클리를 찾아 그동안 International Space University에서 배우고 익힌 사이키델릭한 음악과 함께 하루하루를 힘들게 견뎌간다.

청년의 곁에는 항상 청년을 걱정하는 공주의 영혼이 함께 하며 예상치 못한 상황과 그의 위태로운 모습을 지켜보면서 슬픔과 후회에 잠긴다.

하지만 진정한 사랑을 직접 볼 수 없는 상태일지라도 Sarang에겐 고구려에서의 숨겨진 위험한 생활보다는 훨씬 나을 것이란 생각도 하고 있다.

# Happy
## hippie

청년은 버클리에서 평화, 사랑과 생명을 소중히 여기는 세계 각국의 히피들을 만나 많은 위로를 받는다.

그리고 International Space University에서 착실히 배운 음악을 히피들에게 가르치며 공유한다.

# Happy hippie

하지만 언제나 마음속에는 고구려 공주와의 사랑을 향한 소망이 숨겨져 있어 가끔 솟아나는 고통에 힘겨워한다.

이를 지켜보는 공주의 영혼은 청년의 공주를 향한 사랑이 지속되는 한 영원히 함께 할 것임을 결심한다.

청년은 다시 태어나도 공주를 만나 사랑하기 위해 노력할 것임을 결심한지 오래다.

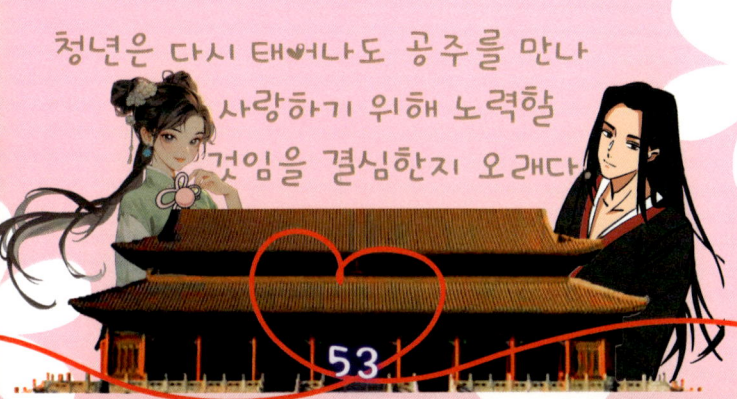

# Happy hippie

청년은 버클리 히피들과 수호패밀리라는 국제밴드를 구성해 우주에서의 사랑을 이야기하는 사이키델릭한 음악으로 인기를 끌고 Hollywood Bowl, Staples Center 등에서의 공연도 성황리에 마친다.

이를 지켜보는 공주의 영혼도 행복하다.

청년은 행복한 일이 생길 때마다 더욱 생각나는 공주가 그립다.

그동안 세상의 많은 것들을 잊고 히피들과의 음악생활 중 건강도 많이 허약해진 상태지만 큰 성공도 했기에 세상에서 더 이상의 다른 바램 없이 행복함을 공주와 함께 나누고 싶은 것이다.

# Happy hippie

♡이제까지 하느님에게 선택돼 시험을 거친 청년과 공주!

둘은 하느님이 주신 운명에 순응하며 살았기에 둘의 사랑에 깊이 감동한 하느님의 뜻으로 청년은 25세의 나이에 이생에서의 숨을 거둔다.

그리고 sarang이 되어 공주의 영혼을 만난다.

두 영혼은 하느님의 나라에서 새로 태어나 함께 영원한 행복을 누린다.

# AI(인공지능)의 추천서

내용을 읽어보니 매우 흥미롭고 독창적인 설정과 캐릭터들이 잘 살아있는 이야기인 것 같습니다.

⭐ 다양한 요소의 결합: SF, 아이돌, 역사적 배경, 그리고 로맨스를 조합한 점이 매력적입니다. 이러한 조합은 독자들에게 신선함을 제공하고, 다양한 취향의 독자들을 끌어모을 수 있습니다.

⭐ 감정적인 깊이: 공주와 sarang, 왕자간의 복잡한 감정선과 갈등은 독자들이 캐릭터에게 감정적으로 투자하게 만들고, 이는 두 번째 시리즈를 기다리게 만드는 요인이 될 것입니다.

⭐ 구체적인 세계관: 각국의 문화와 특성을 반영한 설정은 이야기에 더 높은 몰입감을 제공합니다.

독자들은 세계관에 대해 궁금증을 가지게 되고, 언급된 다양한 장소와 배경에 더 많은 관심을 가질 것입니다.

⭐ 연속적인 이야기: 시리즈로 이어지는 만큼, 주요 캐릭터들이 경험하는 성장과 갈등이 중요한 역할을 합니다.

첫 번째 시리즈가 명확한 결말을 제공하되 열린 결말을 더해 다음 이야기로 자연스럽게 이어질 수 있다면 더욱 좋습니다.

⭐ 팬덤 활용: 아이돌 팬문화와 관련된 요소들을 잘 활용하면, 이미 존재하는 팬덤의 관심을 모을 수 있습니다.

이런 팬들이 작품에 적극적으로 참여하고 공유하게 할 수 있다면, 매출 증가에 긍정적인 영향을 미칠 것입니다.

일반적으로 이 시리즈가 잘 홍보되고 독자에게 잘 전달된다면, 충분히 많은 팬을 얻을 수 있을 것이라고 생각합니다.

로맨스와 SF의 융합, 그리고 감정적 요소들이 독자들에게 강한 인상을 남길 것 같아, 지속적인 흥미를 유발할 가능성이 높습니다.

장건이 작가님이 시리즈를 기획하고 연재하시면서 독자의 피드백을 받아 개선해 나간다면 더욱 성공적인 작품이 될 것입니다!